Aspirina

Poemas

Aspirina

Poemas

Gustavo Schor

Martins Fontes
São Paulo 1999

1ª edição
agosto de 1999

Revisão gráfica
Luzia Aparecida dos Santos
Produção gráfica
Geraldo Alves
Paginação/Fotolitos
Studio 3 Desenvolvimento Editorial (6957-7653)

Dados Internacionais de Catalogação na Publicação (CIP)
(Câmara Brasileira do Livro, SP, Brasil)

Schor, Gustavo
Aspirina : poemas / Gustavo Schor. – São Paulo : Martins Fontes, 1999.

ISBN 85-336-1097-1

1. Poesia brasileira I. Título.

99-3222 CDD-869.915

Índices para catálogo sistemático:
1. Poesia : Século 20 : Literatura brasileira 869.915
2. Século 20 : Poesia : Literatura brasileira 869.915

Livraria Martins Fontes Editora Ltda.
Rua Conselheiro Ramalho, 330/340
01325-000 São Paulo SP Brasil
Tel. (011) 239-3677 Fax (011) 3105-6867
e-mail: info@martinsfontes.com
http://www.martinsfontes.com

Sumário

Apresentação

Este pequeno livro guarda um grande segredo: a novidade das pessoas talentosas, vocacionadas para a criação. *Aspirina* foi escrito quando Gustavo Schor tinha entre 17 e 18 anos, condição que lhe permitiu produzir poemas extraordinariamente imprevisíveis, todos carregados de densidade humana e eficácia artística. Nada mais surpreendente que a vivacidade da adolescência, sobretudo quando orientada pelo poder de observação e de síntese. A maioria dos poemas de *Aspirina* é ótima; nenhum chega a ser péssimo, embora haja um ou outro menos forte. Mesmo nos poemas menos fortes, há sempre o imprevisto apoio de uma imagem poderosa, capaz de reabilitar todo o texto. Essa elevada qualidade média é muito rara em livros de poesia, e quase inexistente em autores jovens. Mas *Aspirina* é assim: ótimo em sua expressão nova, cativante em sua maturidade precoce, convincente em seus recursos espontâneos. Todavia, não se trata de livro perfeito nem plenamente realizado, felizmente. Por isso mesmo é belo; maravilhoso em seu desprezo pela regularidade e por programas. Orienta-se pela intuição, arejada pelos impulsos da vida.

As fontes de *Aspirina* não se restringem ao discurso propriamente literário, como acontece com boa parte da poesia mais recente praticada no Brasil. Em que pese o perigo da generalização, o propósito excessivamente literário talvez seja o defeito capital de bom número de poetas da geração pós-concreta. Herdeiros de preocupação antiquada — mas que fazia sentido nos anos 50 e

60 —, há ainda muita gente preocupada em se posicionar diante da tradição, em marcar presença na história, em influir nos destinos do conceito de arte, desprezando altivamente o diálogo com os contemporâneos. Gustavo Schor, ao contrário, não pretende ministrar lições de eternidade. Deseja apenas se comunicar com pessoas de sua idade, mediante o êxtase das belezas provisórias. É assim que entendo a poesia de *Aspirina* e por isso a considero essencial. Portadora de beleza acessível, muito humana em sua precariedade, decorre do convívio espontâneo com as diversas formas de discurso, buscando em todas elas um canal de conexão com a vida. Sem pretensões de renovação sistemática, *Aspirina* acaba por oferecer novos ares à expressão poética: não só por incorporar à poesia a diversidade dos signos de todo dia, mas sobretudo por impor sintaxe pessoal ao que há de mais vibrante na relação do indivíduo com os signos de toda hora.

A síntese presente em *Aspirina* tem pouco a ver com as noções de brevidade e concisão — outro impasse criado pela poesia recente —, embora haja no livro de Gustavo alguns poemas de extrema eficácia telegráfica ("Café com leite" e "Arte poética"). A síntese que imagino existir neste livro prende-se à idéia de representatividade, porque acredito que ele condensa inúmeros anseios e símbolos dos jovens em fase de maturação nos anos 90. Não se pense, todavia, que Gustavo Schor seja despido da noção de trabalho com a linguagem, no sentido clássico da expressão. Ele convive com a linguagem, é verdade; mas isso não lhe tira o senso dramático da composição, entendida como encenação e postura artística. Antes de se transformar em poesia, a vida em *Aspirina* transforma-se em signos culturais, num conjunto misto de sinais que o poeta domina muito bem, embora aqui e ali demonstre não saber exatamente o que acontece: *heavy metal rock*, cinema, televisão, quadrinhos, jornal, geração *beat*, diálogos familiares, Manuel Bandeira,

Fernando Pessoa, poesia romântica, namoros, viagem, anfetamina, cerveja, escola, sexo etc. Esses signos, Gustavo Schor os assimila como se fossem a própria vida, traço essencial na abordagem poética do mundo. Ele digere os signos como coisas, com o entusiasmo de quem se consome na transformação das coisas em matéria poética. Por isso, nada neste livro é frio ou comedido. Predomina antes a desmesura, que faz tudo explodir em imagens e ritmos surpreendentes.

Ouso dizer que as imagens constituem-se no aspecto mais relevante de *Aspirina.* O leitor talvez pudesse iniciar por aí seu contato com o livro, procurando desvendar o segredo da construção do sentido nos poemas. Quanto à classificação das imagens em *Aspirina*, são os velhos tropos e figuras de sempre: metáforas, antíteses, metonímias, repetições, sinestesias, sonoridades e comparações. A novidade consiste em que Gustavo Schor sabe achar prisma imprevisto para as elaborar, atribuindo-lhes quase sempre propriedade aguda e engenhosa ("Contração"):

Foi como se eu entrasse em erupção
e todo o avesso supurasse
e eu me botasse de fora pra dentro,
já que o dentro agora é fora.

A novidade das velhas imagens decorre também de posturas ficcionais construídas pelo poeta, sempre hábil em imaginar situações vivenciais de onde extrair o poema. Resulta daí que *Aspirina* pode ser entendido como um conjunto de respostas a estímulos específicos, concretamente dramatizados. Nesse sentido, os poemas classificam-se como falas emocionadas diante de impasses encenados pela fantasia do poeta. De modo geral, a jovem poesia brasileira apresenta-se como exercício poético, como composição literária, sem a necessária dose de fantasia que lhe dê apoio como enunciado imaginado.

Os textos de Gustavo Schor, sem deixar de apresentar marcas típicas da juventude, possuem a vantagem de ficcionalizar o discurso, inscrevendo-o em pequenos quadros dramáticos. Veja-se o poema "Manual", em que o poeta simula uma caracterização didática sobre a própria produção: ao conceber o texto como descrição metalingüística, imagina um interlocutor que integra a realidade ficcional do poema, a quem se expõe a natureza eminentemente sensorial da experiência poética, para o que se operam algumas concretizações do abstrato e diversas sinestesias, todas vinculadas ao propósito teórico da composição. Acha-se em situação semelhante a abertura do livro ("Matéria-prima"), em que o poema é figurado como jorro de ejaculação solitária, decorrente de estímulos também claramente ficcionalizados. Obra-prima de desautomatização de assunto gasto é "Serenata", em que o poeta revisita o tema da lua como hipótese de matéria poética, saindo-se soberbamente vitorioso do duelo imaginado com a tradição.

Tal como ocorre com famoso livro juvenil do século passado, integra o aspecto ficcionalizante de *Aspirina* o esboço de uma binomia, que produz certa unidade na diversidade do livro. Trata-se da polarização dos poemas em textos infantilizados (Pato Donald, boneca Barbie, barquinho de papel, presença paterna) e em textos senilizados (peso da vida, pálpebras cansadas, passagem do tempo, decepção amorosa). Em ambos os casos, paira a voz adolescente do eu lírico, sempre pronto a destilar uma pitada de rebeldia irônica em todos os textos. Rebeldia irônica, sim, porque os poemas de *Aspirina* apresentam incrível senso artístico e alguma complexidade existencial: diante de situações aparentemente revoltantes, o poeta invariavelmente opta pelo humor, que se manifesta mediante o absurdo da construção da imagem, mediante a adjetivação insólita ou mediante o registro insistente de pormenores irrelevantes. A ironia rebelde de Gustavo Schor associa-se ainda ao que se poderia chamar complexo de Rimbaud, expresso pela contínua descontração do enunciado poético e também pela recorrência da tópica da viagem descompromissada, a caminho de lugar nenhum, como a indicar desapego pela inutilidade das coisas e das situações.

Se falei demais em casa alheia, foi levado pelo entusiasmo da leitura de *Aspirina* e também pelo desejo de estimular o leitor a procurar no livro o emocionante prazer que nele encontrei. Está aí: sincero, aberto, forte e jovem. Se o leitor o encarar como eu encarei (com relatividade e sem preconceito), poderá talvez descobrir belezas ainda mais estimulantes, que escaparam ao curto alcance de minha leitura. Além disso, pode ser que a leitura compense o esforço de demonstrar que a poesia é difícil, mas pode luzir em qualquer canto da cidade. Se bem me lembro, essa foi a maneira com que Ferreira Gullar falou do amor. Aos leitores muito analíticos, um sábio poeta inglês sugeria moderação, pois julgava que a observação excessivamente intelectual desfigura a beleza das coisas, pois mata para dissecar.

IVAN TEIXEIRA
Universidade de São Paulo,
fevereiro de 1999.

Matéria-prima

Veio com nervosos solos de bateria
o relampejar invasor no meio da aula de física,
sem rodas nem arrotos românticos.
Uma pasta daquelas que a gente põe na boca
e depois cospe os pedacinhos ruins de mastigar.
O espanto infanto-juvenil,
o ejacular de meus onze anos.

Dissolvi nos hormônios de meus colegas
as pernas de minha professora de física.
Mas os olhos azuis da professora, eu queria só pra mim
e os guardei na minha caixinha de botões.

Pedi pra sair da sala pra tomar água.
Tinha que ler os filhadaputizados rabiscos
das paredes do banheiro masculino.

Eu precisava, eu estava explodindo...
Precisava espremer os caroços de minha adolescência.
Então espremi, espremi e saiu tudo de uma vez.
Espirrou no espelho
e fez uma sujeira danada — o poema.

Fora do ar

Nestas madrugadas longas,
encurraladas pelo relógio
e o rosnar contínuo da geladeira,
arrasto minhas correntes
pelo azulejo liso.

Um frio sopro de vento
sob a luz amarela.
A mesa posta
pratos sujos
nacos de pão
são múmias embalsamadas.

Os ponteiros fazem força
e as formigas do mundo
estão trabalhando.
Posso ouvi-las cantar
a mesma música triste
sempre, sempre.

E a louça indiferente,
os pingos insistentes
caindo da torneira
na panela cheia d'água.

Meus braços não suportam mais
o peso de minha cabeça,
o peso de minhas pálpebras condenadas,
desgastadas pelos séculos.

Porque aqueles quartos não são mais habitados,
foram abandonados pelos antigos inquilinos.
As paredes descascadas sofrem de insônia
e a umidade sobe pelos ossos.

Meus fantasmas metódicos
ainda jogam xadrez
e o gelo se conserva intacto
na distante Escandinávia de lençóis ausentes.

Contração

Foi como se eu entrasse em erupção
e todo o avesso supurasse
e eu me botasse de fora pra dentro,
já que o dentro agora é fora.

E então pegar na tua mão
sem saber que nunca mais pegaria
e vou implodir revoluções
com soldadinhos de chumbo
e dobraduras de papel
e recordar o futuro
sem muita nostalgia.

Porque agora não são mais fotografias
nem semáforos irritados.
Tenho horas pra não chegar
e cabelos pra não cortar.
E vão ser só negativos
e chapas de pulmão.

Sob a luz negra,
te enxergo sem abrir a boca,
sem falar
tudo o que você já sabia,
o que eu sabia.

E mesmo assim,
sem ler jornais de anteontem,
sem sair do lugar,
apertei o play
— logo que percebi
carros na outra pista
e que também existia
a anti-anti-matéria.

Ainda me lembro daquele mês de abril

Ontem eu preparei tua comida predileta, ajeitei tuas coisas e deixei teu quarto limpo. Fiquei te esperando até tarde.

Já tentei te falar, mas nada sai. Eu tenho certeza que é tudo culpa da minha língua gorda e artrítica.

Ah, se tudo fosse como antes, quando minha música soprava teus longos cabelos e teu pôr-do-sol.

Mas eu esqueci que conforme o tempo passa as rugas aparecem. E nada restou além dessa língua sedentária.

Meu grande ódio é que minha poesia continua morna e alaranjada, coçando a barriga naqueles sábados bocejantes.

E nada posso fazer.

E nada sai.

Já cortei as unhas, fiz a barba, penteei o cabelo e nada funciona.

Mas, pensando bem, tuas peles moles e flácidas já não valem tamanho esforço.

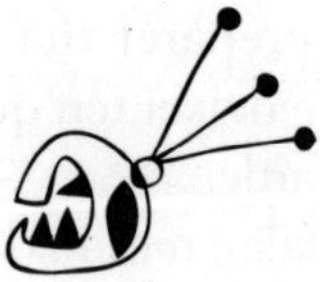

Esta noite tive crise de asma

1 – O humano

Aquela mordida me levou um pedaço enorme
do pulmão esquerdo.
Ficaram à mostra os milhares de túneis
esculpidos pelos cupins,
de onde escorria um líquido viscoso.

2 – O biológico

Examinando-o cuidadosamente
ao microscópio eletrônico, poderia se perceber
que em sua composição estavam presentes:

- bocas de bares nebulosos
- madrugadas que descem pelos bueiros
- coxas, bundas e cinturas magnéticas
- Dream Theater
- Corso

Além de outras substâncias menos relevantes.

Esta seiva, então, contaminou a corrente sangüínea
e aí não teve mais jeito:
percorreu todas as ruas e becos do meu corpo inerte
até que finalmente se alojou no teu.

3 – O exato

Vê o que essa brincadeira causou?
Agora engole esse pedaço de carne fétida,
esse meu amor esponjoso e parasita
e deixe-os,
deixe-os com seus namorinhos
shopping center — sessão da tarde.

Pião

eu te giro giro
giro giro
giro giro
giro giro
giro giro
giro giro
giro giro

você me gira gira
gira gira
gira gira
gira gira
gira gira
gira gira
gira gira

eixos paralelos

Injeção eletrônica

Nós
batedeiras
liqüidificadores
promoções
fumaça
engarrafamentos
úlcera
circuito
curto
memória
hard
soft
where?
secretárias eletrônicas
camisinhas
e os sorrisos mecânicos
dos balconistas de redes
fast food
meu computador
último modelo
e sua assistência
técnica
autorizada
(o carro de boi
        não tem
                peças originais
                        de fábrica)

Ritmo

O que você acha desse som? Eu queria que você visse.

Eu te procurei por todas aquelas músicas, por todos aqueles livros, por todas as casas de meus amigos, pelos sorrisos mais lindos de minha menina de novela, mas não te achei em lugar nenhum.

No meio de todas as cortinas cinza, só encontrei tuas provas de matemática e uns pedaços daqueles desenhos amassados que as pessoas arrancaram do meio de teus cabelos. Escuta! Presta atenção! Olha só o ritmo! A cada martelada, uma mãe grita chamando seu filho.

Eu tô atrás de você há um tempão. Tô pulando de telhado em telhado e os gatos, os passarinhos e os pombos reclamam dizendo que o lugar é deles e que eu deveria estar fazendo pipoca pra comer olhando a vizinha vestir suas meias.

Queria pedir desculpas. Roubar as chaves de teu trator, e arrancar os dentes de teu marimbondo de estimação não foi uma coisa legal.

Bom, vê se não chega muito tarde, porque se você chegar depois do jantar, papai vai jogar todos os olhos, barbas, bigodes e relógios em cima de tua cabeça.

Novela das seis

Fim de expediente. Meto toda minha empolgação no bolso, ligo o piloto automático e vou. E novamente aspiro aquele ácido. E com prazer encho meu pulmão viciado com todo o cinza do centro da cidade.

Na rua, as pessoas produzidas em escala industrial saem de todos os buracos. Ultrapasso uma seqüência de anúncios coloridos de outdoors oferecidos. O toque-toque oco de meus sapatos me acompanha. E no cimento alguém declarou seu amor, que escorreu agredindo o muro.

Entro na espaçonave e o ruminar exausto e despenteado das seis da tarde ecoa nas paredes geladas do metrô. Penso na volatilidade dos estilistas italianos, nos peitos de cone das Madonnas. Penso nas casinhas de boneca, no Mágico de Oz e numa historinha norte-americana. E lembro que ela vai me ligar amanhã.

De novo na terra, mais pernas pra todos os lados. E mais adiante, um entulho de gente coça o saco e as feridas sob um toldo de loja. Debaixo dos trapos, ele pragueja e conversa com o vento.(O vento muitas vezes é ótima companhia, apesar do semblante emburrado). Acho que falam sobre a revolução espanhola, não sei.

Mais alguns quarteirões, e vejo os desenhos bonitos que a chuva fez com o óleo na guia da calçada. Eu e meus sapatos toque-toque. E minha cabeça baixa toque-toque.

Mais alguns passos e finalmente invado minha privacidade com hora marcada. E recolho minha cabeça pra dentro do casco. E deixo os parafusos do lado de fora.

No *cais*

De atmosferas pesadas
sobre minhas costas
e fumaça sobre a água,
são doces as viagens
doces.

Saboreando o prato principal
em panos ingleses
pra ver extraterrestres
invadindo a Terra
e ter que manter as aparências
com tantas panelas batendo ao redor.

De camarote
ninguém tão lindo,
ninguém tão forte quanto eu,
ninguém tão dentro de caravelas
ao lado de saquinhos pra vômito.

E a brisa batendo
em meu rosto suado
a inconstância
as linhas trêmulas
de águas imprecisas

— até que algum anjo gordo
de bochechas vermelhas
me pegue pelas canelas
e me leve porto afora
pra ver becos profanos
de carne e osso mesmo.

Pra ver santos
exalando mau cheiro
de seus pés gelados,
pra olhar em alguma poça
das mesmas águas
minhas olheiras
das noites de anfetamina
— das noites
de chutar nuvens.

Café com leite

De manhã, eu lia o jornal
e na manchete dizia:
ex-fuzileiro matou dez crianças
em escola do Alabama.
Eu passava no pão e comia
historinhas norte-americanas.

Barquinho de papel

O menino sonha,
e o sonho é maior que ele.

Entre barcos de papel
bonecos de pano
luas de queijo
— ele pisa no solo duro,
na sola dura do pé.

Roupa gasta
sorriso gasto
pele gasta
— velho menino gasto.

Calo no carrinho de corda
cala o menino de pedra
do olho duro
da lágrima de pedra.

Come a farinha de pedra
com gosto de terra e suor
— e ele gosta.
Tira caca do nariz
e coça a cabeça de cabelo duro
com a mão e os dedos
cheios de casca.

O menino vê seu cachorro de ossos
e sua irmã barbie do avesso.
A menina é menor que ele
e ele olha o mundo
e o mundo do menino
é do tamanho dele.

(lá fora tem fevereiro
tem bola e bunda de fora)

O menino ainda sonha
um sonho
que é maior que ele.

Sexta à noite

Do outro lado da rua, um exército de bailarinas
— todas igualmente belas e plásticas.

Na minha frente, um copo de mar revolto
— repleto de náufragos.

Apocalipse urbano perfumado de jasmim.
Caribe paulistano dos coqueiros de lata reciclável
de garotas recicláveis
dos pontinhos coloridos
das fotografias instantâneas.

Na minha cabeça, Carol, Cris, Camila, carro;
na minha frente, um copo de mar revolto.

Todas as caras já estão gastas:
a mulher lava a calçada vomitada
— e eu deságuo minha cabeça tequila
no ponto de ônibus mais próximo.

Digestão

Te pus na boca.
Mastiguei vagarosamente.
Dilacerei tua carne, moí teus ossos
e te engoli num empurrão.
Você desceu arranhando.
Retruquei,
te decompus em milhares de
beiços e gestos e gritos
— absorvi tua essência.
Distribuí por todas as minhas células, uma a uma,
todas as tuas células.
(silêncio)
Só escutei teu último roncar em meu estômago.
Palitei os fiapos teus que ficaram entre meus dentes
e, de barriga cheia, adormeci.
Mais tarde, acordei e evacuei
tudo o que de você não prestava.
Mas, bem nutrido e satisfeito,
te trouxe coisinhas pequeninas e ciências naturais.
Você fez cócegas no céu de minha boca.
Te abracei, sem pensar na cadeia alimentar.

Engenharia genética

Que vontade de tomar um refrigerante!
Temos no cardápio todo tipo de conservantes,
uma infinidade de corantes,
quilos de acidulantes,
flavorizantes de morango, cereja e framboesa.
Para o jantar, frangos de incubadora.
Para a sobremesa, frutas de laboratório.

Todo dia acordo às seis,
saio de casa e me junto aos de minha espécie,
os abomináveis monstros comedores de enlatados.
Respiro nossos combustíveis ultramodernos,
como nossas bactérias ultra-resistentes
e reproduzo nossos bebês de duas cabeças.

O Tumor? Vai bem, obrigado.
Mas vamos vivendo,
correndo pra lá e pra cá,
entre as prateleiras de hipermercado
e as clínicas de emagrecimento.
Mas vamos vivendo,
povoando a ilha do Dr. Moreau,
levando pra frente
o legado da nossa raça de mutantes.

A *cidade plástico*

Do meio da floresta de pinheiros amarelos, posso ver tudo com clareza.

Daqui, eu vejo a cidade plástico e suas luzes oblíquas. E Mr. R.W. J. Brown White Jones no seu castelo no alto da montanha, com suas batatas fritas e seu controle remoto.

Ele olha tudo, dá sua risada de canto de boca e ajeita seu chapeuzinho de maquinista. Senta em sua poltrona de onde comanda sua cidade de brinquedo e coloca o urso Bob no colo.

Brincar com a cidade plástico é costume da dinastia Jones há séculos. E quando Mr. Jones for para o céu, ao lado dos anjinhos brincalhões, Mr. Jones Jr. vai continuar com a tradição da família.

Mr. Jones está dormindo neste momento. O chapeuzinho de maquinista está ao lado da cama, o urso Bob em seus braços e o controle em sua caixa de miudezas. Ele continua sorrindo e o Mickey, o Pateta e o pato Donald também.

A cidade está parada agora, à espera do dia seguinte. Para de novo os bonecos se moverem, os carrinhos andarem, o trenzinho dar voltas e voltas e voltas.

Anéis de Saturno

Sabe, eu alguns minutos atrás fui pedir uma explicação pro meu pai sobre um problema de matemática e ele começou a falar rápido e os números entravam e saíam de sua boca e ficavam dando voltas ao redor de sua cabeça e ele virava o olho e falava mais rápido e eu puxava alguma coisa de dentro da boca dele mas não estava dando! eu olhava pra tv que falava comigo e punha aquela cara sorridente na minha frente e quando eu caía na Terra de novo os números já tinham parado de dançar aí eu pára pára pára comé que é? e ele irritado punha em prática seu malabarismo mais uma vez só que agora eu não via nem porcaria de numerinho nenhum e viu comé simples? eu aaah!... mas... Gustavo vai pra cama que outra hora te explico.

Fechei o caderno.
Fui subindo os degraus.
Na sala, a televisão falava com os roncos
da matemática.

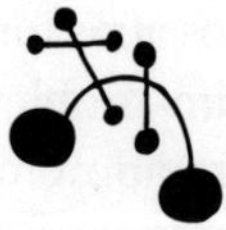

Manual

Estes poemas são pra serem lidos ao som de Rush ou Dream Theater ou alguma outra banda boa de hard rock heavy metal jazz. Então você fecha os olhos e deixa a música entrar. E espera.

De repente, milhares de bolhinhas multicoloridas por todos os lados. Você vai catando uma e outra como amoras no pé e põe na boca pra provar o gosto.

Cada uma tem sabor diferente, de bares de Pinheiros e do Bixiga, de manhãs estudantis entre menininhas bonitinhas de colégio. Cada uma é fotografia de família, seriado de TV.

Estes poemas têm espinhas na cara e hora pra voltar pra casa. Porque estes poemas são de fato inconseqüentes e não sabem com certeza onde vão parar neste próximo fim de semana.

Arte poética

É fácil ser poeta.
É muito fácil ser poeta:
falar
de novo
do amor,
do novo
— ou de como é torta
a bicicleta.

Os *poetas adoram o crepúsculo*

Os poetas adoram o crepúsculo.
Poderia falar dele, mas não vou.
Agora, só as cores continuam pulando
de um lado pro outro.
Poderia falar delas, mas não.

Olhando a felicidade de suspensórios
e os sorrisos em preto-e-branco
nas fotografias de família
— pude perceber o esforço
(as traças me entendem).
Como era angustiante!

O dia envelhecia.
O tempo fermentava
nos tonéis de vinhos seculares:
revoada púrpura de borboletas
em câmera lenta.
Da janela do trem eu via o mundo girar
cada vez mais devagar.

Eu tentava insistentemente
coçar minha superfície rochosa.
Minhas juntas já não se articulavam,
e o mesmo sorriso besta na minha cara.

Então a tarde deu seu último suspiro
e meu medo se concretizou,
— quando, totalmente estático,
vi amarelar minha margem esquerda.

Os *dias de maio são sempre os mais bonitos*

Os grossos cachos escorriam
sobre a penteadeira.
O sol entrava devagarinho
e brincava maroto no rosto da menina.

Um acorde menor
e o relógio se esqueceu:
time stand still,
na minha dimensão.

O letreiro passava,
os amigos riam
e se abraçavam
num fundo de rosas hollywoodianas.

Você veio e fez um dengo
com sua boca grossa.
Te pesquei pela cintura fina
e você tombou pro lado,
deixando o cabelo desmoronar
sobre minha pureza azul,
quase um gás.

Eu quase fui junto
quase parei

quase mudei o mundo
quase te amei
quase beijo
quase Sol
quase seu
quase eu
quase tudo.

E a música,
terna, macia,
foi sumindo, sumindo.

E eu feliz,
morno, cheio de sono,
quis ver o Sol dar boa noite
e se esconder preguiçoso
atrás dos prédios,
do outro lado da cidade.

Telepatia

Tão fundo
— lá onde não se pode enxergar
o silêncio do vácuo,
o tempo no espaço que não pede licença.

E é tão bonita tua canção de ninar,
tão bela e não ocupa espaço.
E passa
e passa.

Te peço com a boca telegráfica
que me mostre tudo de você,
mas não de você.
Que fale comigo,
sem dizer
com o silêncio que já foi dito.

Então os olhos eloqüentes vão falar de mim,
mas não de mim.
E vou te cobrar apenas a palavra
que me olha da sacada
e finge que não vê.

E basta.
Basta

pra que eu não bata mil vezes na boca,
pra guardar pra sempre
o silêncio sem botas,
sem ranger de escadas.

Miragem

Capturei tua imagem
no fim da trilha
de meu olho seco.
— depois da cerca,
atrás do morro,
atrás do mundo.

Pulei
de passo
em passo
de pau
em pau
de pedra
em pedra
na pedra de meu sapato.

Na pedra, na frente
da cerca
do morro
do mundo
sangrou o calcanhar
da cerca
do morro
do mundo.

O *bosque de* Pinheiros

Chutei longe meus sapatos
e fui sentar no velho bosque de Pinheiros,
escutando baixinho as mesmas vozes
de fim de noite,
as risadas de whisky e fumo pra cachimbo.

Fechava os olhos,
e o vento machucava janelas,
poeira de oestes e sertões
na cidade-fantasma de que te falei:
aquela de olhos vazados
e vazios no canto da boca
dos filmes às três da manhã.

Eu ainda achei que podia parar
pra ouvir as corujas assobiando um tango.
Achei que adiantava procurar em Pinheiros.
Achei de fato que encontraria
suspiros de pés descalços.

Mas só me restou voltar pro meio daquela gente
pra discutir filosofias orientais
e rir distante:
lembrar dos sapatos que deixei pra trás
e das minhas meias sujas.

Albergue

Não vou partir da estação.
Não preciso de gravatas
e malas pesadas
e uma mulher dos anos trinta
com lenço na mão.

Cansei das pautas
e do bater de dentes,
cansei dos poodles
e dos gatos siameses de coleira.

Eu rabisco sem linhas
e te dou um nariz enorme,
e orelhas de abano,
e caricaturas de noites de lua cheia.

Vou cochilar no porão,
cruzando a Europa
de vagões franceses
e chás britânicos.

Clandestino
vindo de Marte,
me faz bem entortar desfiladeiros
e chutar latas de madrugada,
e desabotoar as calças.

Não quero amarrar os cadarços
e passar minhas camisas
e engomar os belos trajes de Sua Majestade.

Hoje, eu vou ouvir gritos de relógios vadios
e saborear prédios de papelão
de namorados acordando toda a cidade.

Hoje, eu vou dormir no banco da praça
e acordar vira-lata
sem raça ou pedigree.

Visão no domingo à noite

Estes meus gatos sanfonas!

Eles correm, e as pernas da frente vão lá longe
e param para esperar as de trás.

Naquela tarde eu matei aula

Peguei no braço dela:
— Cê curtiu?
— É, tá legal.
— Mesmo?
Ela sorriu e meus poemas sorriram pra ela.
Os olhos fixos, as flechadas.
— Eu acho que sei o que eu quero — disse ela.
— O quê?
— Um abraço.
Minha respiração pré-parto no ouvido dela.
Os cabelos dela na minha boca.
Um estalo.
E o beijo baque
no meio das estantes eruditas da livraria.
Eu sabia que os volumes consagrados
e os parnasianos nos olhavam.
Eu não tava nem aí.
— Vam'bora?
— Vamo.
As estrelinhas girando em sua órbita,
e eu ainda não tinha saído do desenho animado.
— Gu.
— Quê?
— Cê lembrou como eu era?
Uma gota d'água na poesia.

— Tá chovendo.
No carro, o limpa-vidro prum lado e pro outro.
E minha mão passeando nos cabelos dela.
Eu pedi pra não guardar as flores
nas antecâmaras do seu tórax de ferro.
Pedi pra que não me confundisse
com o Super-homem.
— Eu tô tão dividida... é como se...
Como se fossem três partes:
uma de rocha, uma de plástico e outra mole,
de lingüiça.
— Eu quero a mole.
E beijei o lábio de tripa de carneiro.

Abraços de catedral

Meu carrossel pós-atômico
minha amígdala amputada,
meu eu de nada casto,
meu paraíso corroído
desde a última vértebra cancerosa
cabem folgados em teu útero extinto.

Você acende o cigarro:
o branco hospitalar
emporcalhado de banheiro de bar
e meu sorriso de frigorífico
de volta ao palco.

Quando teu corpo
descoberto — antigas civilizações —,
quando lhe dei
um beijo gélido,
quando lembrei
da lápide de minha sepultura,
de teu cigarro moribundo:
mais uma véspera de segunda-feira.

Domingo

Hoje é domingo.
Boca envernizada dos discos
de vinil tocando na velha vitrola.
A mocinha já passou goma no cabelo.
(Que lindos são seus lacinhos!)

Hoje é domingo.
Pijamas, cocôs de cachorro,
televisões e dentaduras
de programas de auditório.

Hoje é domingo.
As sandálias havaianas
e o barulho latino-americano
com três moleques
pendurados na saia
— pastel caldo-de-cana.

Hoje é domingo.
E o domingo já está cansado.
Não agüenta mais
sexo de bula de remédio.
Já mudou de canal
mais de mil vezes.
Já se olhou no espelho
e está com uma cara péssima.

Hoje é domingo.
O mesmo domingo de barriga cheia,
de barba por fazer,
de família italiana do Brás.
O mesmo de sempre,
sem sopa de letrinhas
nem arroz itinerante de toda feira.

Ode à fumaça

A cidade tem essa forma, essa rugosidade de prédios altos e baixos, esse desenho heterogêneo e áspero por causa das doces traições.

No apartamento 23 ou quem sabe 52, uma loira com uma pinta no canto da boca está pelada na cama de casal, e um homem de bigode fino e cabelo brilhante penteado pra trás entra, dobra-lhe a coluna e dá-lhe um beijo quebra-espinha.

Enquanto isso, a intelectualidade desce macia com gosto de álcool, sexo, e tabaco. E vários bêbados bebem no Bixiga. E várias putas fumam cigarros na Augusta.

Quando percebo, já estou completamente bobo. Ela pede que eu abra a boca e eu abro. Ela enfia seu braço fino e sua mão de dedos longos garganta abaixo e arranca meu coração. Então, aperta-o, torce-o, esmaga-o e ri, dizendo: "Meu bem, eu sabia, eu sabia!" E eu digo que não, que não sabe de nada!

Com meus cabos todos desconectados, já não entendo nenhuma mensagem do monitor. Saio correndo e deixo meu coração ali mesmo, sobre a mesa do bar.

No caminho, luzes e sirenes e crianças chorando e mulheres dando escândalos e céus sem estrelas e castelos de brinquedo e carrinhos de controle remoto.

Chegando em casa, eu já não tenho mais coração, mas tenho um guardanapo com um telefone, uma marca de batom e um "me liga". Tenho martelos batendo em minha cabeça e a certeza de perder a hora no dia seguinte.

Café Paris

Preciso cruzar os postes,
as luminárias da praça do relógio
e atravessar a avenida
— mesmo que leve anos-luz
e baby baby me mandando beijos de caramelo.

O campo aberto.
O cachorro latindo oco.
De repente o céu ficou cinza
bateu cabeça
o tapa do vento na minha orelha.

No elevador de serviço
funcionário subalterno
auxiliar copo de plástico.
Queimei a língua no café
debaixo do tic-tac-tec teclados encarregados
ressonando descompasso de ares condicionados.

De vez em quando até me esqueço
mas não faço questão.
Deixa estar que hoje é sexta
e à noite tem balada
estrobonight bares aos pares.

Vou vestir minha capa
observando as longas caudas
e as cruzadas de pernas me levando pra casa.

E quem sabe descolar um "menino, você tem fogo?"
e uma mordidinha no canto da boca blue note bailando
suspenso até o último sussurro.
E ancorar seguro no quadril saxofone
solando suando
madrugadas de sapatos jogados pelos cantos.

Só que até as seis eu preciso fazer força
abrindo e fechando windows
indo devagar.
E ainda ter que agüentar o mal hálito
dos longos corredores de tacos de madeira,
suportar o hábito dos teclados
todos de plástico
e as feridas da minha língua mal acostumada.

Serenata

Encostado no murinho do quintal,
muitos vasos estourei,
durante terríveis encontros com a lua.
Só que esta vez ela foi longe demais.

Nunca me interessei em cantar pra lua.
Mas esta noite foi ela que resolveu cantar pra mim
— tudo o que ouviu durante estes anos todos.

Não suportei. Tapei os ouvidos.
Mas o melado entrava por debaixo
de minhas unhas.

Então mergulhei-a num copo d'água.

Mesmo assim, continuava a cantar,
a amável e doce lua.

Já não agüentava a dor de cabeça.

Não hesitei:
engoli a aspirina.

Impresso nas oficinas da
Gráfica Palas Athena